Mae'r llyfr hwn yn eiddo i

. . . .

Argraffwyd a chyhoeddwyd gan Wasg Carreg Gwalch,
12 Iard yr Orsaf, Llanrwst, Dyffryn Conwy, LL26 OEH.
☎ 01492 642031
🖷 01492 641502
✉ llyfrau@carreg-gwalch.co.uk
lle ar y we: www.carreg-gwalch.co.uk

ⓗ Gwasg Carreg Gwalch
ⓗ yr addasiad Cymraeg : Siân Lewis 2004
Argraffiad Cymraeg cyntaf: Hydref 2004
Ail argraffiad Cymraeg: Mawrth 2009

Rhif Llyfr Safonol Rhyngwladol:
0-86381-930-3

Cydnabyddir cymorth Adrannau Cyngor Llyfrau Cymru

Cyhoeddwyd gyntaf ym Mhrydain yn 2000
gan Hodder Children's Books,
Cyfadran o Hodder Headline Cyf.,
338 Euston Road, Llundain NW1 3BH
Teitl gwreiddiol: *Rainbow to the Rescue*
yng nghyfres *Jungle Friends*

Hawlfraint y testun gwreiddiol © Margaret Ryan 2000
© David Melling 2000
Mae hawl Margaret Ryan a David Melling i gael eu cydnabod fel
awduron a dylunwyr wedi'i ganddynt yn unol â
Deddf Hawlfraint, Dyluniadau a Phatentau 1988.

HELP! BLE MAE ENFYS?

Margaret Ryan a David Melling

Addasiad Siân Lewis

Doedd Enfys, y parot, byth yn stopio siarad. Roedd hi'n siarad drwy'r dydd.

"Dydd da. Dydd braf.
Dydd sych. Dydd Sadwrn!"

Roedd hi'n siarad drwy'r nos.

"Nos dywyll. Nos dawel.
Nos dwp. Nos da!"

Roedd hi hyd yn oed yn siarad
yn ei chwsg.

"Pwy sy'n ferch bert, 'te?
Fi. CH–CH–CH–CH–CH."

Weithiau roedd ei ffrindiau'n
blino ar y sŵn.

"Wnei di stopio siarad am *dair*
munud?" meddai Migl, yr orang-
wtang bach, gan wasgu'i
ddwylo dros ei glustiau.

"Mae'r sŵn yn brifo fy nghlustiau i."

"Stopio siarad?" meddai Enfys.

"Parot yn stopio siarad? Wyt ti'n gall, Migl? *Rhaid* i barot siarad. Dwyt ti'n deall dim."

A dyma hi'n siarad a siarad a siarad.

"Wnei di stopio siarad am
ddwy funud, 'te?" gofynnodd
Pwtgwt, yr arth, gan wasgu'i
phawennau dros ei chlustiau.

"Mae'r sŵn yn brifo fy nghlustiau i."

"Stopio siarad?" meddai Enfys.
"Parot yn stopio siarad? Wyt
ti'n gall, Pwtgwt? *Rhaid* i barot
siarad. Dwyt ti'n deall dim."
A dyma hi'n siarad a siarad
a siarad.

"Wnei di stopio siarad am *un* funud, 'te?" gofynnodd Wynff, y crocodeil, gan wasgu'i grafangau dros ei glustiau.

"Mae'r sŵn yn brifo fy nghlustiau i."

"Stopio siarad?" meddai Enfys.

"Parot yn stopio siarad? Wyt ti'n gall, Wynff? *Rhaid* i barot siarad. Dwyt ti'n deall dim."

A dyma hi'n siarad a siarad
a siarad.

O'r diwedd roedd ei ffrindiau
wedi cael llond bol.

"Stopia siarad, Enfys," meddai Migl.

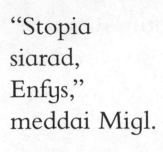

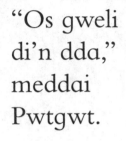

"Os gweli di'n dda," meddai Pwtgwt.

"Os gweli di'n dda, Enfys annwyl," meddai Wynff.

Ond doedd Enfys yn gwrando
dim. Roedd hi'n siarad a siarad
a siarad.

Gwylltiodd ei ffrindiau.
"O, bydd dawel, Enfys,"
gwaeddon nhw. "Cau dy big,
wnei di ?"

"O, dwi'n gweld," snwffiodd Enfys. "Dydych chi ddim eisiau gwrando. Rydych chi eisiau cael gwared arna i. Iawn! Wna i ddim aros i siarad â chi, felly. Mi hedfana i i ffwrdd. Dwi'n mynd . . ."

"Iawn!" gwaeddodd ei
ffrindiau. "I ffwrdd â ti, 'te!"

Ac i ffwrdd ag Enfys drwy'r coed, gan ddal i siarad . . .

"Dwi'n gweld. Maen nhw
eisiau cael gwared arna i.
Wel, dwi'n mynd. Ta . . . ta!"

Roedd pobman yn dawel o'r
diwedd.

"Dyna braf," meddai'r ffrindiau.

Gwenodd Wynff,
llithro i mewn i'r
afon a chwyrnu'n
dawel.

Ch . . . ch . . . ch
yff yff yff

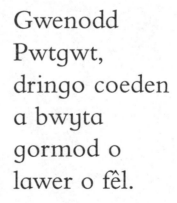

Gwenodd
Pwtgwt,
dringo coeden
a bwyta
gormod o
lawer o fêl.

Hic! Wps, sori!

Gwenodd Migl,
dringo coeden
arall a
swingio'n
dawel o'r
brigau.

Cric crac
cri-i-i-i-c

"On'd yw hi'n dawel?" meddai
pawb.

Ar ôl pum munud . . .

"Ych-a-fi! Mae'n rhy dawel
yma. Ble mae Enfys?"
gofynnodd y ffrindiau.

"Mae hi
wedi cael
siom,"
meddai
Pwtgwt.

"Arnon ni
mae'r bai
am weiddi,"
meddai Wynff.

"Dewch i ni
chwilio am
Enfys a
dweud sori
wrthi," meddai pawb.

Yn gyntaf dringon nhw'r coed
i chwilio am Enfys.

"*Enfys, Enfys.*
Ble wyt ti?"
Dim ateb.

"Ydych chi wedi gweld Enfys?"
gofynnodd y ffrindiau i'r
mwncïod. "Ydy hi wedi dod
draw i gael sgwrs?"

"O nac ydy!" meddai'r
mwncïod gan gnoi a chnoi.
"Rydyn ni'n bwyta. Does dim
amser i siarad."

Yna aeth y ffrindiau i chwilio
yn ogof yr ystlumod.

"Enfys, Enfys.
Ble wyt ti?"
Dim ateb.

"Ydych chi wedi gweld Enfys?"
gofynnodd y ffrindiau i'r
ystlumod. "Ydy hi wedi dod
draw i gael sgwrs?"

"O, nac ydy!" meddai'r
ystlumod yn ddioglyd. "Rydyn
ni'n cysgu. Does dim amser i
siarad."

Yn olaf aethon nhw i chwilio
rhwng y llwyni.

"Enfys, Enfys.
Ble wyt ti?"
Dim ateb.

"Ydych chi wedi gweld Enfys?"
gofynnon nhw i'r ddau deigr
bach. "Ydy hi wedi dod draw
i gael sgwrs?"

"O, nac ydy!" rhuodd y teigrod
bach. "Rydyn ni'n chwarae.
Does dim amser i siarad."

"Ble mae hi?" meddai'r ffrindiau. "Dyw hi ddim yn y coed. Dyw hi ddim yn ogof yr ystlumod. Dyw hi ddim yn y llwyni.

"Ble YN Y BYD mae hi?"

"Enfys, Enfys.
Ble wyt ti?"
galwon nhw dro ar ôl tro.
Wnaeth Enfys ddim ateb.

Ond atebodd rhywun arall . . .

HA!
DYMA NI'N DOD,
YN DOD YN UN HAID,
I'CH PIGO CHI'N GAS
O'CH PEN I'CH TRAED!"

"O, na!" llefodd y ffrindiau. "Mae'r Morgrug Pigog yn dod!"

"Maen nhw dros y lle i gyd!" llefodd Migl.

"Maen nhw'n mynd i'n pigo ni," llefodd Pwtgwt.

"Allwn ni ddim dianc!" llefodd Wynff.

"Gallwch!" gwaeddodd llais o'r awyr. "Ewch at yr hen gwch. Mae'r llwybr yn glir. Gadewch y morgrug i fi."

"Hwrê!" gwaeddodd y
ffrindiau. "Mae Enfys wedi
dod i'n helpu ni!"

Hedfanodd Enfys rownd
a rownd a rownd uwchben
y Morgrug Pigog.

Gwyliodd y morgrug hi'n
mynd rownd a rownd a rownd,
nes bod eu pennau'n troi.

Yna dechreuodd hi siarad.
Siarad a siarad a siarad . . .

"Haia, giang," meddai. "Ydych
chi wedi clywed y stori amdana
i'n mynd ar goll yn y jyngl?

"Hedfanais i yma ac acw, lan a lawr, rownd a rownd, ond ro'n i'n dal ar goll.

"Felly dwedais i'n uchel, 'Enfys! Y peth gorau i ti wneud ydy . . .'"

"Y peth gorau i ni wneud ydy mynd adre!" gwichiodd y Morgrug Pigog. "Mae'n pennau ni'n troi. Mae'n clustiau ni'n brifo wrth wrando arni hi."

A dyma nhw'n hercian i ffwrdd
gan fwmian ...

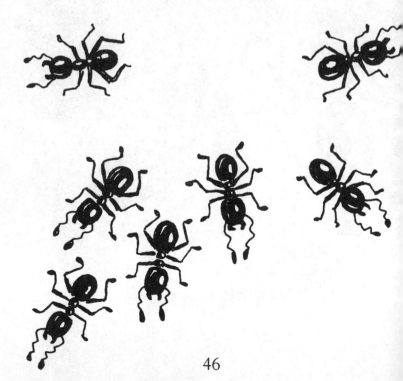

"AM DDERYN DWL, DWL, DWL!
YCH - A - FI - FI - FI!
MAE'N SIARAD GORMOD,
GORMOD, GORMOD
BANT Â NI NI NI!"

"Da iawn, Enfys," gwaeddodd
y ffrindiau. "Rwyt ti wedi
dychryn y Morgrug Pigog.
Mae'n ddrwg gyda ni am fod
mor gas wrthot ti."

"Popeth yn iawn," meddai Enfys.
"Fi sy'n siarad gormod. Es i i
eistedd yn yr hen gwch a
gwneud fy ngorau i gadw'n
dawel, ond allwn i ddim.

"Ydych chi wedi clywed y stori
amdana i'n hedfan BANG
CLEC yn erbyn coeden drwy
siarad gormod?"
"Ydyn," chwarddodd ei
ffrindiau, "ond dwed hi eto."